第一句集

天真

TENSIN

千坂希妙

命を見つめて

千坂希妙さんが私たちの前に現れたのは二〇一五年九月の「青垣」大阪句会だったから、それほど前ではない。その時、〈新涼の似たる龍の眼達磨の眼〉を出句され、私は特選にいただいている。全くの初心者なら無理なことなので、後でお聞きすると、すでに坪内稔典代表の「船団」に参加しており、若い時分は、日本浪漫派の評論家として有名な保田與重郎の主宰する歌会に参加していたという。短詩形文学の素地は十分だったのだ。

句会で初めてお会いした時、希妙さんの名前から、お寺さんに関係があるかと私は尋ねた。それは当たっていて、千早赤阪村のお寺の生まれ。教師として勤め始めた後、浄土真宗本願寺派の僧にもなっている。「青垣」に参加後、句会の折に披露される見識にはいつも驚かされてきたが、経歴を知れば何の不思議もないことだった。
　希妙さんは「船団」では、口語・現代仮名遣いの句を発表してきた。一方、わが「青垣」は口語句も詠むものの、文語・歴史的仮名遣いを基本としている。希妙さんに「青垣」の句作りを説明し、口語句でも構わないものの仮名遣いは旧仮名にすることで折合いをつけてもらった。句業をこうして句集として纏めた時、仮名遣いがばらばらでは読者は違和感を覚えるばかりだから。『天真』という名の一書になるまで、相当数の句を見せてもらったが、素材の広さ、深さに改めて驚いたし、豊かなサービス精神からか、「奇妙」な句、吹き出す句もかなりある。そんな幅広い希妙句の魅力を紹介しよう。

　一輪の梅の芯なる華厳かな
　黒揚羽フランシスコと呼べば来た
　鷹渡る二河白道をゆくごとく
　春の夜の紙燭で照らす弥勒の背
　夕焼の沈むあたりかガンダーラ

象よりも寝釈迦大きくおはしけり

すでに挙げた〈達磨の眼〉の句もそうだが、仏教をはじめ宗教に関した句が目につく。一句目の〈華厳〉は、不信心者の私には難しい言葉だが、清楚な梅の花の芯にある蘂の美しさを仏道修行が成就した喜び、徳だと感じたのかと解釈した。二句目の〈フランシスコ〉と言えばローマ法王やザビエルが浮かぶ。黒揚羽にキリスト教の伝道師を思うのは頷けるし、黒い服の印象でもあるのだろう。五句目の〈ガンダーラ〉は大摑みな表現が似合っている。この句は「俳壇賞」に応募して予選を通過し、応募句がすべて掲載された時にも評判になった。六句目、涅槃図は詠み尽されているが、涅槃に集う生き物の中で最大の象よりもまだ大きな、中心に横たわる釈迦の姿だけに絞って説得力がある。

セシウムを感知したかに白ばんば

汚染土に冬眠の蛇絡み合ふ

復興を土手の蕨と祈りけり
農薬の瓶が転がる春田かな
宇宙にはあまたの地球しやぼん玉
しやぼん玉水金地火木土天海
蓑虫や地球は宇宙のどこに浮く
月山の雪は月から降るらしく

希妙さんは我々が住む地球の環境にも大いに関心を持っている。温暖化が進む地球を憂いつつ、詠む対象は宇宙へも広がる。一～三句目は明らかに東北大震災、福島の原発被災を詠んでいる。白ばんばは綿虫のこと。ふわふわと飛ぶ綿虫の動きが変わった瞬間を捉え、それは原発事故で放出されたセシウムの所為ではないかと考えた。放射線に汚染された土であっても、そこでしか冬眠ができない蛇の哀しみを思い、土手に現れた蕨と共に、できる限りの早い復興を祈るのだ。宇宙の遥か彼方に地球と同じ水があると思われる星が見つかったと先日のニュースで紹介されていたが、それを思わせるのが五〜七句目。地球に似た星があればそこには命あるものがきっといるというロマンが溢れる。八句目、雪は空から降るものだが、ここ月山ではその名の通りに月から降ってくるのか、という愉しい想像力が一句を成した。

希妙さんは十年ほどで教職を辞した。文部省の教育方針や受験一辺倒の学校現場に疑問を持ったからで、以後は定職に就かず、全国を巡って見聞を広めた。かけがえのない地球を後世に伝えるために何をすべきか、その見聞が環境への関心を呼び起したのだ。

春を嗅ぐ針穴ほどの亀の鼻
花吹雪ハシビロコフは鬱の顔
ザリガニのバンザイしたるバケツかな
雪にまろぶ盲導犬になれぬ犬
鮟鱇に浮き袋あるさみしさよ
鰭だけを獲られて鱶の沈みゆく
タグ付きの蟹の仰向け風花す

『天真』は章立てがなされていて、その中に「植物記」「昆虫記」「動物記」の章がある。この三章に収めた句数は全体の三分の一を超える。これは僧侶ということもあるだろうが、命あるものへの強い関心を物語っていて、同じく生き物を重要なテーマとして詠んできた私も共感する句が多い。一句目は池の亀をじっくりと観察し、小さな鼻の穴に着目した。二句目の嘴広鸛は魚を狙って水辺で長時間動かない「奇妙」な鳥。桜が美しいこの陽気に、お前さんは何で悲しい顔をしているんだという呼びかけだ。三句目は子供たちによって川で獲られたザリガニ。逃げようと大きな鋏を振り上げている姿だ。ザリガニは必死なのだが滑稽に見えてくる。四句目、盲導犬だから大型のレトリバーか。訓練を始めたが、仔犬は言うことを聞かず無邪気に雪遊びをするばかり。厳しい躾をなされる盲導犬にするには無理のようだと匙を投げられた。五～七句目、鮟鱇、鱵、蟹の哀しみをそれぞれの特徴を押えて詠まれている。

春草はみな食べられる気がしたり

もつとずつとおいしかつたよすかんぽは
剣玉の皿にどんぐり乗つてをり
片栗の花とダンスがしたい蜂
この中に月を観た蟻ゐませんか
バオバブの木の歩き出す星月夜

まだ採りあげていなかった句に〈憧れは大愚大拙朴落葉〉がある。「大愚」といえば良寛の号だ。その良寛のような童心から生まれた掲句はどれも愉しく、いとおしい。その童心を面白さ、笑いの方向へ持って行くと、次のような句が生まれる。

瓢箪のくびれは神のくしやみから
牛糞にぽこと生えたり笑茸
九条葱よ下仁田葱につんとすな
読経後に冬瓜ぽくと叩きけり
日向ぼこ靴下脱いでふと嗅いで

鯛焼のしつぽの先は鯉にやる
加茂茄子を猫に転がす多忙かな

一句目、あの瓢箪のくびれは神がうっかりとくしゃみをしたから。くしゃみをしなかったら、きれいな弧を描いていたのかと想像。三句目、雅な都育ちの九条葱と東国の下仁田葱との対比。〈つんとすな〉が可笑しくて堪らない。四句目は冬瓜と木魚との類似だ。五句目は吉本新喜劇にでも出てきそうな景。「くっさー」という声が聞こえ、同時にペーソスも感じる。七句目は私の好みの句。大きくて丸い加茂茄子をボール代わりに猫に転がして遊んでやる。中七までは私にも作れるが、「多忙」なんだよとのお惚けには驚く。愉快、愉快。

蕗の雨とにもかくにもまだ平和
春動く仁王に虫食ひ穴あまた
蟬穴の土はいづこに消えたやら
頸骨は麒麟も七つ天高し

浴場のラムネは腰に手を当てて
美ら海の風吹き渡る昼寝かな
平城宮から京終までを月を友
ひと恋し人の字形に炭をつぐ
淀川にテレビ捨てある暑さかな
骨揚げの箸にボルトや赤蜻蛉
藍甕の渦しづまらず冬銀河
海嶺に卒塔婆千本雪がふる
鶏も象も仏陀も裸足なり

これまでのジャンル分けには入れなかった佳句たち。大半の句は句会で見た記憶がある。しっかりした形だし、内容も深い。先の面白い句と並べると、同じ作者なのかと驚くことだろう。希妙さんはその見識ゆえについ十七音の短い俳句に材料を盛り込んでしまうことがあり、それが現状での欠点。しかし、それは本人も理解しているし、「人間とは何か」「真実とは何か」を探求し続けるという希妙さんなら、もっと深い独自の句が生まれるはずだ。〈鶏も象も仏陀も裸足なり〉は偉い人も動物も、命あるものは皆平等だという精神から生まれた作。このような命を見つめる句がもっと生まれることを期待して筆を擱く。

令和元年十月

「青垣」代表　大島雄作

天真＊目次

植物記

慈姑の芽折れて今年の始まりぬ

一輪の梅の芯なる華厳かな

味違ふ雄花と雌花ふきのたう
春草はみな食べられる気がしたり

もっとずっとおいしかったよすかんぽは
クローバー四つ葉見つけただけのこと

春若葉やがて呼ばれむ雑草と

チューリップ半開きこそ頂点か

ひらひらと一筆書きや竹の秋

ひこばえの鹿に喰はれてしまひけり

桜花より梨花は冷たき息をする

如是我聞花は生殖座禅草

鈴蘭の鈴を包んで朝の露

奥河内さらなる奥の罌粟の墓地

蕗の雨とにもかくにもまだ平和

式場の百合の雄しべは切られけり

泡盛の甕に挿したるアマリリス

捨舟は器のごとし青芒

ユリノキの葉はバラライカ青嵐
むらさきの雨となりたる紫蘇畑

やまももの樹下は血の海八雲立つ

月見草ヘッドライトに目立ちけり

もののけのスカーフなるかさるをがせ

竹の子の長けたる後に茗荷の子

朝顔に米のとぎ汁是好日

寂しきは宇陀の阿騎野の葛の花

瓢簞のくびれは神のくしやみから

隙間から火の蔦入る煉瓦館

剣玉の皿にどんぐり乗つてをり

むかご採るひとつひとつに発芽点

輪切りして花梨の芯の花模様

鬼灯の中に聞こゆる手毬唄

断崖の風に吹かれて烏瓜

大和には大和の色の池と柿

ぎんなんの碧玉包む銀の膜
牛糞にぽことと生えたり笑茸

象の尾を引つ張る思ひ牛蒡引く

蓮根の穴の径なり蓮の実

蝋梅やシャネルの五番着たモンロー

野水仙小顔で振り向くバレリーナ

九条葱よ下仁田葱につんとすな

椿　榎　楸　柊　雪　景　色

註・「楸」（ひさぎ）　きささげの古名
ノウゼンカズラ科の落葉高木

昆虫記

春動く仁王に虫食ひ穴あまた

なかなかに車内の春蚊追ひ出せず

片栗の花とダンスがしたい蜂

蝶が来る捨大根に花咲いて

皇后に守られゐたる小石丸

註・「小石丸」（こいしまる）　日本古来の蚕

春蟬を聴きに林に戻りけり

船虫の一斉に出る波止場かな

海峡にアサギマダラの通る道

葉切蟻竹槍一揆起こさうぜ
この中に月を観た蟻ゐませんか

まくなぎの水のごとくに合流す

でで虫の螺旋階段ゆくところ

足遅きわれを待ちたる道教へ

蒸し暑き夜の壁にて蛾の交尾

ががんぼの脚のもろさは護身術

設計図蜘蛛にあるらし囲の確か

黒揚羽フランシスコと呼べば来た

光るとき源氏蛍に悦あるか

蟬穴の土はいづこに消えたやら
ヂと鳴いてそれきり止みし夜の蟬

ゴキブリはもっとゴキブリ殖やしたい
羽蟻飛ぶ羽付き種も飛ぶ支度

吉野から熊野に伝播かなかなかな
つくつくとかなかな森の禅問答

鬼の子はバンジージャンプしたまんま

蓑虫や地球は宇宙のどこに浮く

鬼やんま肩の力をひよいと抜く

水撒けば塩辛蜻蛉やつて来る

蟋蟀の近藤勇に似たる顔
セシウムを感知したかに白ばんば

生きるとは居直ることか枯蟷螂

虫こぶは虫のねんねこ風あやす

動物記

鶏は今朝も産卵お正月

鶏の瞬膜ひらく牡丹雪

註・「瞬膜」（しゅんまく）　目蓋とは別に
水平方向に開閉する半透明の膜

春寒やざらざらしたる猫の舌

春を嗅ぐ針穴ほどの亀の鼻

はんなりと浮いて蛙に油断なし

指切りをオカメインコと交はし春

春昼の食後の駱駝もう立たず

落椿避けて歩めり木曾の馬

桜貝いまだ生きたるままを見ず

蛸の子に烏賊の子混じるしらす干し

まんばうの浮き寝うたた寝春満月

海抜の書かれある壁春の鳶

風光る象の鼻にも穴二つ

孵化前の卵の血流桜東風

花吹雪ハシビロコフは鬱の顔

蟻食はず羽蟻なら食ふ燕かな

負け鶏の鶏冠の火炎褪せにけり
牛角力角あるものに牙はなし

唄ふかにロバが鳴くなり麦の秋

嘴に小さな鼻孔青葉風

桐咲いて迎賓館の錦鯉
ザリガニのバンザイしたるバケツかな

袢を乾かすやうに川鵜かな

鵜と鴉そつぽ向くなり河の岩

蘭鋳が寄れば出目金そはそはす

海蛇は美しき紐箱眼鏡

塔の上水煙の上夏燕

われに無き熱情かくも夏鶯

太りては細りては蛭進むなり

青大将あづかり知らぬ蛇苺

青鷺の抜足で盗る魚籠の鮒
しっぽなきトカゲとヒトは間抜けやね

蛇土葬海月水葬火蛾火葬

卵塊のモリアヲガヘル的エロス

一斉に白南風へ向くフラミンゴ

廃牛が牛舎振り向く朝ぐもり

頸骨は麒麟も七つ天高し

飛火野に精子を漏らし鹿ぞ鳴く

神鶏の羽の逆しま野分来る

啄木鳥のつついては聴く山の寂

鷹渡る二河白道をゆくごとく

大きめに計測したる紅葉鮒

犬の尾に猫が手を出す小春かな

墓守と仲良くなりぬ寒鴉

汚染土に冬眠の蛇絡み合ふ

猪垣の中に山猿群れてをり

猪罠のワイヤに霜のきらきらと
銃声に慣れて猟犬身じろがず

雪にまろぶ盲導犬になれぬ犬

駅長の過保護の猫の冬帽子

鮟鱇に浮き袋あるさみしさよ

にやまにやまと筋金入りは黒海鼠

鰭だけを獲られて鱶の沈みゆく

河豚の鰭張りつけてある板戸かな

アザラシの眼は潤みたり冬日向

タグ付きの蟹の仰向け風花す

凍鶴の首のやすらぎ羽の内

小走りに狐の帰る湖北かな

風日記

七草に犬のふぐりを加へけり

宝恵駕籠や過ぎてつぶやく「ほーえかご」

註・「宝恵駕籠」（ほえかご）　西日本の主に戎神社周辺での駕籠行列　芸妓や落語家らが乗る

履物を揃へてゐたり梅の花

春菊に混じるはこべもいただきぬ

肉汁をちゆと吸ふ春節小籠包

擂鉢の底も舐めたき木の芽味噌

鉄棒にもたれ朧の夜となりぬ

春風や束子でこする釜の尻

ひさかたの光に雛は目を細む

紙雛をほぐしては折る子供かな

測量士雉を覗いてゐたりけり

樹木医の担ぐ馬鹿棒植樹祭

註・「馬鹿棒」（ばかぼう）同じ長さを
何カ所にも記すときに用いる棒

蜆洗ふ音のかそけき瀬田の夕
何語かと聴き耳立てて花の夜

春うらら監視カメラに敬礼す

春の夜の紙燭で照らす弥勒の背

打たせ湯にわれも灌仏真似てをり

壬生狂言酔うて朦朧かんでんでんでん

天井に水陽炎や鮎の宿

五月雨や入港待ちの船静か

冷奴千の鳥居を潜り抜け
しやりしやりと鱧切る下駄の一本歯

箱庭や京弁当に山河あり

浴場のラムネは腰に手を当てて

四万十にきて焼酎は「獺祭」に
手囲ひの蛍を嗅いでゐてひとり

シーサーの尖る白き歯盛夏来る

美《ちゅ》ら海の風吹き渡る昼寝かな

六角の仁王の乳首蟬しぐれ

雷に男褌志

何はさてトマトを齧る帰省かな

無味にして最も旨し山清水

水不足気兼ねしつつも水撒きす

この星に神の座いくつ雲の峰

虫干に計算尺も並べ置く

釉薬のテストピースや青葉風

見たきもの夕陽丘の大夕焼

夕焼の沈むあたりかガンダーラ

さらば夏路面電車が尻を振る

撒水車角を曲がつて夏終はる

ムームーかアッパッパだかゐるお盆
生身魂売り家の草を引きにゆく

読経後に冬瓜ぽくと叩きけり

真鰯をバケツに拾ふ台風過

生態にやや異変あり奈良の鹿

平城宮から京終までを月を友

註・「京終」（きょうばて）　ＪＲ西日本の京終駅　元は平城京の果ての意

カーナビはコスモスの田を指示せざる

砂湯して帰燕の空を眺めをり

石鎚を下りてそのまま秋遍路

無住寺の縁に旅寝の良夜かな

枝豆やぽつりぽつりと雨が降る

納豆のセロファンに穴さやけしよ

曝涼やぶ膨らんでゐるナフタリン

美しきひと見て帰る美術展

渋柿と思へど少しかじりけり

ぬか床に酒と昆布と柿の皮

チェーンソーに青き煙や秋深む

行く秋や一度合はせる割れ茶碗

ひと恋し人の字形に炭をつぐ

白菜の黄の芯ほどの恋心

謎多き死海文書と冬籠る

親鸞の書の厳しさよ冬籠

氷るとは水が己に籠ること

解禁日酒と塩持つ猟師たち

着ぶくれて膨張宇宙考ふる

寒昴何で死ぬるも受け入れる

三島忌のわが老残をわれ許す

日向ぼこ靴下脱いでふと嗅いで

鯛焼のしっぽの先は鯉にやる

壇蜜の雪女ならひたしよ

下山してその山眺め蕎麦湯かな

鬼柚子の仏頂面と湯に浸かる

あとがきを読んで積読十二月

沈沈と更け行く京の蕪蒸し

春隣ひよこの餌に炒り玉子

稜線を人影動く春隣

残照記

雑煮椀籾殻ひとつ混じりけり

戦争の話聞き出すとんど焼

盆梅の跡の畳に凹みあり

雛二十歳こけしは三十路我は古稀

床の間の落椿へと赤子這ふ

すかんぽぽんつひに凡夫の一生よ

復興を土手の蕨と祈りけり

農薬の瓶が転がる春田かな

徘徊の父持ち帰る花の枝

仏壇にハーモニカあり桃の花

菜の花や廃線の日は満員に

ドローン来て声無くしたる揚雲雀

リゾットよりぼくは茶粥よ朝桜

わたくしは花菜漬君はカルパッチョ

連綿と琵琶湖疎水の花筏

花冷えや窓にガラスと大書され

蜃気楼になつてゐるかもわが船も

春火鉢輪ゴムの異臭ありにけり

殺られたと死んだふりしてこどもの日

母の日の口縄坂で泣いてをり

ジューンドロップ特攻隊に遺骨無し

蓮の葉に煙草を盛つて供養とす

電灯の紐に折鶴原爆忌

叱られて豆だけつまむ豆ごはん

豚足に毛の残りたる暑さかな

淀川にテレビ捨てある暑さかな

大阪の夏の匂ひだ泥ソース

見せブラと夾竹桃は白がいい

加茂茄子を猫に転がす多忙かな

人生に絶対が欲し　心太

古稀近し畳の上のバタフライ

閻魔堂出て炎天の人通り

炎暑なり鉄や亜鉛の要る生身

片蔭に寄れば鳥居の絵が並び

髪の毛の抜ければ異物熱帯夜

猛暑日の声裏返る消防士

夏の終はり恋の終はりのブラームス

燈台を振り返るなり夏の果

木賊にて磨く墓石の青みたり

掃苔の漁師戻つて船洗ふ

合掌す濃霧の中の磨崖仏

納棺に厚物咲と象牙牌

骨揚げの箸にボルトや赤蜻蛉

わけもなく朝の哀しみ梨を剥く

柿暖簾透かし二上山《ふたかみ》見ゆるなり

新藁の匂ひがしたる馬糞かな

牛にビール豚にワインや文化の日

楽器みな空洞ありぬ虎落笛

雅楽師の笙温むる火鉢かな

藍甕の渦しづまらず冬銀河

重さうに浮く潜水艦冬かもめ

軍艦にその名貸したる山眠る

船腹に氷結したる古タイヤ
小樽から舞鶴までのずつと雪

氷瀑を攀づる男のサングラス

柩めくテントの窓や寒月光

玉霞
堺市堺区鉄砲町

山古志村《やまこし》に発酵の湯気寒堆肥

軒氷柱へし折り冷ます秘湯かな

風邪に寝てやや童心に戻りたり

鳶になり枯野の我を俯瞰せむ

寒釣の向う岸にも我がゐる

食ひ違ふファスナー直す日向ぼこ

ポインセチアピアノの上に猫の居て

天真記

太陽も自転してをり独楽遊び

隕石のぶつかる太初にも淑気

水温む木魚の鯉も跳ねさうな

亀の尾と蛙股あり寺の春

註・「亀の尾」（かめのお）　折り上げ天井などに使う湾曲した部材
「蛙股」（かえるまた）　社寺建築における蛙の股のような装飾材

春怒濤鑑真今も不退転

俊寛の返せ戻せを潮まねき

好奇心あるが若さよ松の芯

東風吹かば恋恐竜の声如何に

列島はタツノオトシゴ龍天に
龍天に富士山越えてゆくところ

籠山僧春の淡海を嗅ぎつける
沈丁の夜の匂ひはふえろもんか

象よりも寝釈迦大きくおはしけり

猫を見て虎を描く絵師日の永し

椿落つ阿と狛犬が声洩らす

楼蘭のミイラの美女に黄沙降る

宇宙にはあまたの地球しゃぼん玉
しゃぼん玉水金地火木土天海

リンゴの唄フライパンの唄昭和の日

ダリの髭は十時十分薄暑来る

麦秋の口笛を吹く夕心

麦秋や映画終はりて拍手あり

曲がりたる釘を直して生身魂

故人なほ座つてをりぬ夏座敷

梅雨籠りファドとレゲエを聴き比べ

夏痩せて女ちりめんじやこめつてい

Ｄ５１の走り抜けたる白夏野

ふたご座のどちらが兄かさくらんぼ

埴輪の目何か涼しきことを言ふ

鶏も象も仏陀も裸足なり

南風龍馬は永遠に沖を見る

箱庭の物見櫓に登る人

からくりの首の振り向く青嵐

遠花火母を背負つて見る夢や

水中花宇宙に銀のステーション

宇宙また呼吸する説水海月

蟬の穴結べば北斗七星に
生まれ変はり死に変はりしてまたも蟬

ガリバーの首輪にしたき茅の輪あり

茅の輪あり医者も易者もくぐりけり

新涼の似たる龍の眼達磨の眼

秋澄めり古都千年の伏流水

バオバブの木の歩き出す星月夜

月天心サハラを照らし何もなし

人知れず良寛座禅秋の庵

阿呆になれ踊る一遍曼殊沙華

野生とは耳動くこと木の実落つ

月光の竹林にゐる刀鍛冶

箱舟に恐竜乗れず月青し

恐竜は鳥に雀は蛤に

まな板に直線あまた星流る

流星群山の蜻蛉となりにけり

憧れは大愚大拙朴落葉

冬の日の西田幾多郎犀の角

パンに耳うどんに腰や冬うらら

風呂吹がよかろ閻魔に賄賂なら

お地蔵に負けぬ尊さ茎の石

食《じき》堂《どう》に音立ててよし沢庵漬

みちのくの狐火の添ふ夜泣き石

月山の雪は月から降るらしく

火星から龍の玉めく地球かな

荒星に誕生日あり死期のあり

凍死者のなほ伸びてゐる髭と爪

凩に咆える剥製あると聞く

白鳥にヤマトタケルの荒御魂

浮寝した鳥と寝てゐる羽蒲団

金箔に白息かけて皺のばす

暁は薄紫の雪女

煤払ひ顔を洗へば皺の出て

風花の花言葉なら惜別か

海嶺に卒塔婆千本雪がふる

楽譜には書けぬ海鳴り虎落笛

海王星そこにも鯨をりさうな
三ツ星を横から見れば三角に

すれ違ふ巫女に香のあり枇杷の花

スノーボーダー達磨大師の耳輪して

追悼　保田與重郎

師の墓に雪激しくて帰られず

天真は何もない空雪晴れて

畢

あとがき

二十代の前半、日本浪漫派で知られた保田與重郎氏（以下敬称略）の御宅にしばしば伺った。そのころの與重郎は京都双ヶ岡の邸宅に閑居しておられたが月一回歌会が催されて、若輩のぼくも末席に加えてもらったのである。ぼくの短歌は結局五年ほどで頓挫した。教職に就いて忙しかったのと、歌才を欠いていたせいだろう。以後、詩文詩想とはほとんど無縁の生活であったがある年の暮、大津の義仲寺の與重郎の墓に詣でた折、突然申し訳ない気分に襲われた。

義仲寺は、芭蕉が生前に再興した寺であり、木曾義仲の墓の隣に芭蕉の墓があることで知られるが、かの戦中戦後に再び荒廃していたものを與重郎の尽力で今あるように復興した。その功を讃えて郷里の奈良桜井の墓から分骨して義仲寺の裏手に與重郎の墓が建立されたのであった。ぼくが詣でたその日、折からの激しい雪でたちまち保田與重郎墓の文字が消えてしまった。立ち去りがたい思いでぼくは再び歌を詠むことを決めたのだが、どういうわけか短歌よりも俳句のほうが波長が合うようになっていたようだ。五十三歳ごろから俳句に夢中になった。遅きに失した感を持つが拙いなりに少しは手応えを感じている。

今後の方向として、今までの反省から知よりも感性に重きを置いて作句していきたい。まだまだ修行遍歴が足りぬであろうが良き師友にも恵まれてさらに新しい句境を開きたいと願う。次への飛翔のためにもここらで一冊を世に問い、諸氏のご意見を乞う次第である。

本句集の作成にあたって「青垣」の大島雄作代表に一方ならぬご指導を賜った。代表の助言なしにはこの句集は上梓し得なかった。ここに厚く厚くお礼申し上げたい。帯は「船団の会」の坪内稔典代表に筆を執っていただいた。代表には俳句のみならず何かと謦咳に接して刺激を受けてきた。感謝に堪えない。表紙画は旧知の画家の高山博子さんに引き受けていただいた。御三方とも多忙にも関わらず、労を割いていただいたことはぼくにとって光栄の極みである。

本書の出版にあたっては星湖舎の金井一弘さんにいろいろとお世話になった。併せてお礼を申し上げたい。

最後に今は亡き父母に、また何かと迷惑をかけてきた家族一族郎党にもここに深謝して筆を擱きたい。

令和元年十一月一日　　千坂希妙

■著者略歴

1951年　大阪府に生まれる。

1973年　教職に就く。

1977年　浄土真宗本願寺派において得度。

1983年　教職を辞す。以来、主にアルバイトと旅の生活を送る。

2003年　俳句を始める。

2010年　「船団の会」（坪内稔典代表）入会。

2013年　超結社「とんぼり句会」（ふけとしこ代表）に参加。

2015年　「青垣」（大島雄作代表）入会。

現代俳句協会会員

現住所　545-0051
大阪市阿倍野区旭町１－６－１　１００２号
mail　swamimushuku@yahoo.co.jp

第一句集

天真《てんしん》

発　行　令和元年十一月二十七日
著　者　千坂《ちさか》　希妙《きみょう》
発行者　金井　一弘
発行所　株式会社星湖舎
〒五四三―〇〇〇二
大阪市天王寺区上汐三―六―一四―三〇三
電話〇六―六七七七―三四一〇
装　丁　藤原日登美
印刷・製本　株式会社国際印刷出版研究所

ISBN978-4-86372-112-8